Hamburger Abendblatt

SCHWARZE **HEFTE**

STURZFLUG

Uta-Maria
Heim

Ein Krimi vom **Hamburger Abendblatt**

Die Reihe »Schwarze Hefte« wird
herausgegeben von Volker Albers

Die Deutsche Bibliothek – CIP-Einheitsaufnahme

Heim, Uta-Maria: Sturzflug

Titelillustration: Wolf-Rüdiger Marunde

Hamburger Abendblatt Axel Springer Verlag, 1998

NE: Heim, Uta-Maria

Gestaltung und Herstellung: Peter Albers
Satz, Lithographie und Druck:
Heinz G. Tobias, Hamburg
Bindearbeiten:
Schoch & Siege, Ahrensburg

Printed in Germany

ISBN 3-921305-42-X

Weiß sind in Deutschland
Der Städte Gestalten
Weißer Zorn der Eintracht
Niedergehalten
O schlaget nur das Böse
Und preßt sein Blut heraus
Das Volk allein erlöse
Uns in ein Weißes Haus

Frieda Schäfferlin, 1848

5. Mai, Europatag

Plumps! fiel er zu Boden. Mit dem Unterarm wischte sie sich den Schweiß von der Stirn. Er rührte sich nicht. Sie packte ihn an den Fesseln und schleifte ihn so rasant übers Parkett, daß er sich in die Kurve legte wie ein Rennrodler. In der Diele richtete sie sich auf, blies eine Strähne aus dem Gesicht und sammelte seine Kleidungsstücke zusammen. An einem Regalbrett hatten sich seine indigoblauen Jazzpants verfangen, die marineblauen Leinensocken knüllten sich im Gerippe der handsignierten Noguchi-Hängeleuchte. Die royalblaue Bundfaltenhose lag gefaltet über dem Korbstuhl, an der Lehne hingen Sakko und Weste. Jetzt fehlte bloß noch das weiße Panamahemd. Sie fand es auf dem Laken und zog es ihm zuerst an.
Er war kaum größer und etwas schmaler als sie. Seine Muskeln wirkten trainiert. Auf dem Schulterblatt trug er eine Tätowierung: ein Einhorn mit zwei Schwänzen. Sein Rücken war bis hinauf in den Nacken behaart. Er mündete in eine Stoppelglatze, deren Haare, wie der Bart, exakt sieben Millimeter maßen. Die Brusthaare waren mindestens dreimal so lang, die Schamhaare fünfmal. Er lag reglos da, und ihr fiel auf, daß er seine Zehennägel nicht geschnitten hatte.

Der Hamburger Hauptbahnhof hat vier große Eingänge. Und damit auch vier große Ausgänge, an einem stand Udo Winterhalter und stierte in die Nacht. Es roch nicht wie in Stuttgart nach Shit, es roch nach Crack, was Udo, der unter allergischem Asthma litt, einschüchterte. Er entzog sich der Schwade durch den Sturm auf den gegenüberliegenden Ausgang.

Dort roch es nach Benzin, und es standen Daimler-Taxen bereit, die heimatliche Gefühle in ihm weckten. Der Fahrer des vordersten stieg aus, ein sehniger Schwarzer, der die zwei Reisetaschen lässig in den Kofferraum wuchtete. Udo schwang sich auf den Rücksitz, wobei er mit dem Schädel gegen den Karosserierahmen stieß. Er nestelte am unteren Reißverschluß seines Longlife-Rucksacks, der ihn laut Qualitätsgarantie überleben sollte. Der Reißverschluß klemmte.

Der Schwarze ließ den Motor an. Sein Unterkiefer malmte.

»Augenblick«, sagte Udo und riß. Alles fiel heraus und verstreute sich im Fond des Wagens. Endlich, der Zettel. »Wohlers Allee 1«, verkündete Udo erleichtert.

»Da wären Sie aber besser in Altona raus«, erwiderte der Fahrer kauend, während er lässig den Blinker setzte.

Udo klappte seine knapp zwei Meter zusammen und sammelte alles wieder ein. Ein Nagelklipser. Ein irrtümlich eingesteckter Stadtplan von Berlin. Zwei Packungen Zellstoff. Mehrere zerknüllte Taschentücher. Ein Bronchospasmolytikum. Aspirin-Brausetabletten mit Vitaminzusatz. Brillenetui, Zahnseide, Notizblock. Eine als Geschenk verpackte Taschenbuchausgabe von Frieda Schäfferlins nachgelassener Lyrik, »Weißer Zorn der Eintracht«, herausgegeben von Udo F. Winterhalter. Zwei schwefelgelbe Kugelschreiber mit dem Slogan »Stuttgarter Tagblatt – Das Blatt zur Welt«, das verwackelte Farbphoto eines nachdenklichen Kleinkinds, ein ICE-Fahrschein 2. Klasse, eine Platzreservierung. Ein Portemonnaie aus schwarzem Rindsleder, darin eine Telefonkarte, eine Postbank-Karte, ein Paß Orange der Stuttgarter Verkehrsbetriebe, eine AOK-Versichertenkarte. Hundertdreiundachtzig Mark zweiundfünfzig in bar, ein paar eselsohrige Visitenkarten »Stuttgarter Tagblatt – Udo Winterhalter/Feuilleton«, ein Personalausweis, ausgestellt am 10. 11. 89 vom Amt für öffentliche Ordnung der Landeshauptstadt Stuttgart auf den Namen Winterhalter, Udo Ferdinand, geboren am 24. 09. 56, Staatsangehörigkeit deutsch.

Das Problem ist«, stellte Peter Gillner-Gotthilf fest, »daß wir zwar klare Perspektiven haben, aber nicht wissen, wie wir sie an den Mann bringen.«
»Das stimmt«, sagte Paul Junge und bestellte noch eine Runde Sauren. »Für Politik interessiert sich heutzutage kein Mensch mehr. Um Schlagzeilen zu machen, müssen Skandale her. Nur so bringt man wenigstens hintenherum die richtigen Inhalte an den Mann.«
»Und an die Frau«, fügte verspätet Ida Hering hinzu. »Frauen reagieren noch stärker auf Privatkram. Schaut euch Schröders Ehechaos an. Der hat von Hillus Rausschmiß nur profitiert.«

»Wir sollen also darauf hoffen, daß die Journaille uns in die Tonne tritt?« Junge rieb sich die Augen. Es war reichlich verraucht in *Omas Apotheke*. Die Bedienung stellte die Stühle hoch.

»Der Senat muß endlich aufwachen.« Ida Hering kippte den Sauren hinunter. »Damit die den Hintern hochkriegen, brauchen sie Zunder von der Bürgerschaft. Da könnten wir einen Katalysator gut ab. Unsere Pressehengste sind bloß viel zu eingeschliffen. Von denen kommt nichts mehr.«

Gillner-Gotthilf lachte bitter. »Wenn ich fremdginge, dann wäre das noch nicht mal ´ne Meldung im Lokalen.«

»Mußt du deine Latte halt höher ansetzen, Schätzchen«, erwiderte Junge und kicherte.

So trübsinnig endete der Tischtennisabend von Rot-Grün St. Pauli. Die drei Schlußlichter zahlten und traten hinaus in die sternenklare Maiennacht.

Kastanien- und Fliederduft schlugen Udo entgegen. Er nieste. Vor ihm Wohlers Allee 1, ein unbeleuchteter Klinkerbau, der sich unter die bizarre Silhouette einer Kirche duckte. Lisa Borst, eine frühere Kollegin, machte nicht auf. Sie hatte angeboten, Winterhalter vorübergehend bei sich aufzunehmen. Er klingelte Sturm. Wahrscheinlich trieb sie sich herum. Er beschloß zu warten, nahm seine Sachen und schleppte sie zur nächsten Parkbank. Die stand auf einem Friedhof. Grabtafeln lugten wie polierte Meteoriten in den sternenklaren Nachthimmel.

Die Parkbank war besetzt. Ein dünner, kleiner Mann lag darauf, der nach Parfüm stank und keine Schuhe anhatte. Das machte Udo stutzig. Der Mann war kein Penner. Er trug einen knallblauen Anzug und einen Ohrstecker aus Lapislazuli. Kein Typ, der auf Friedhöfen nächtigt. Klar, daß er tot war. Udo, der kürzlich bei der Stuttgarter Feuerwehr, Akademie für Rettungsdienst und Gefahrenabwehr, ein Seminar zum Thema Notfallsituationen und Erste Hilfe absolviert hatte, beschloß, den Toten anzusprechen.

»Welchen Tag haben wir heute?«

»Mittwoch, den 6. Mai 1998, zirka zwei Uhr morgens«, murmelte der Tote.

»Wie heißen Sie? Was sind Sie von Beruf?«

»Kemal Salem. Ich bin Rechtsanwalt.«

»Sind Sie Türke?«

»Nee«, sagte Kemal, »seh ich so aus?« Er setzte sich auf und öffnete die großen, vorstehenden Augen, die Udo an jemanden erinnerten. Ungläubig blickte Kemal um sich.

»Macht ja auch nichts«, entschuldigte sich Udo und nahm neben ihm Platz. Er bückte sich und griff in eine seiner Reisetaschen. »Wir haben zwar nicht dieselbe Schuhgröße, aber ich könnte Ihnen trotzdem ein Paar leihen.«

Kemal sah an sich herunter, streckte das Bein durch und wackelte mit den bestrumpften Zehen. »Verdammte Schlampe. Die vergißt sie immer.«

Udo zog seine edelsten, knöchelhohen, schwarzen Kalbslederschuhe heraus, mit antiallergischen Kalbsleder-

ösen und nahtlosem Vorderblatt, Größe 47.
»Wir haben ein wunderbares Verhältnis miteinander. Aber sobald ich einschlafe, setzt Inge mich an die Luft«, erklärte Kemal und ließ die Schuhe wie ein Baby auf seinen Schoß gleiten. »Sind Sie ein Liberaler?«
»Nee«, sagte Udo, »seh ich so aus?«
»Schade.« Kemal lächelte. »Für Männer wie Sie ist in unserer Partei nämlich noch Platz.«
»Ich bin Journalist«, erwiderte Udo. »Und neu in Hamburg.«
»Ach. Da ist Inge ja praktisch Ihre Kollegin. Textbüro Karge, Pietsch & Moosmüller in der Fettstraße. Schaun Sie doch mal vorbei. Abgesehen von ihrer Macke ist Inge irre hilfsbereit. Und kompetent. Sie sagt Ihnen bestimmt, wie hier der Hase läuft.«

10. Mai, Muttertag

Danke für die Blumen«, bellte Claudi ins Telefon. Udo wartete darauf, daß sie den Hörer aufknallte.
»Du spinnst. Erst läßt du mich als Alleinerziehende in diesem gottverlassenen Winkel hocken, und dann gratulierst du mir zum Muttertag. Du hast wirklich überhaupt keinen Stil.«
»Wer bitte hat wen verlassen? Und wer hat sich im tiefsten Schwarzwald verschanzt?« Nach zwanzig Jahren wußte Udo wohl, daß er bei Claudi nicht durchkam.
»Es macht einen gewissen Unterschied, ob du in Stuttgart

schaffst oder in Hamburg. Vorher hast du dich wenigstens ab und zu um dein Kind gekümmert.«
»Tatsächlich? Jetzt ist es plötzlich mein Kind?«
Claudi brach in Tränen aus. Seit sie vor Luise die Fehlgeburt gehabt hatte, reagierte sie empfindlich.
»Hör mal«, lenkte Udo ein. »Diese Korrespondentenstelle ist ja nicht für die Ewigkeit. In spätestens einem halben Jahr holt Heckmann mich zurück in die Redaktion.«
»Du bist doch beim Tagblatt überhaupt nicht mehr integrierbar«, spuckte Claudi zwischen zwei Schluchzern, »seit deinem – Psychiatrieaufenthalt.«
»Schschscht. Du weißt genau, daß ich mich in den letzten fünf Jahren immer wieder unbezahlt beurlauben ließ, um das Lebenswerk der verkannten badischen Revolutionsdichterin Frieda Schäfferlin zu orten.«
»Bist du allein?« fragte Claudi alarmiert.
»Nein. Ich bin im Büro. Die Bürogemeinschaft Karge, Pietsch & Moosmüller überläßt mir freundlicherweise einen Schreibtisch. Bis ich soweit bin, etwas Eigenes ...«
Inge Pietsch blies eine Strähne nach oben. Ihr Haar war ein einziges Flammenmeer. Sie warf Udo einen verschwörerischen Blick zu.
»Also doch!« schrie Claudi. »Du bleibst länger! Du richtest dich ein in Hamburg!«
»Mama«, piepste ein Stimmchen im Hintergrund, das Winterhalter auf die Entfernung fremd vorkam. »I will mit dem Baba schwätze.«

»Luise? Mei Meidele!«
»Wenn derf i widder zue der?«
»Das verlängerte Wochenende an Christi Himmelfahrt«, rief im Hintergrund Claudi.
Kaum hatte Udo aufgelegt, klingelte schon wieder das Telefon. Es war der Chefredakteur.
»Winterhalter! Ich grüße Sie!«
»Normalerweise«, sagte Udo, »grüßt man in Ihren Breiten Gott. Was gibt´s am heiligen Sonntag?«
»Ich wollte überprüfen, ob Sie arbeiten«, erwiderte Heckmann.
Eigentlich waren sie Todfeinde, der ehrkäsige Chefredakteur und sein wider Willen erfolgreichster Adlatus. Aber seitdem sie ihre fruchtlosen Wortwechsel in einen zweckfreien Schlagabtausch überführt hatten, fanden sie Gefallen aneinander.
»Natürlich arbeite ich nicht«, gab Udo zurück, »ich vögle gerade meine neue Bürokollegin.«
Inge, die am Schreibtisch vis-à-vis saß, reagierte nicht. Sie war in eine Kolonne von Zahlen vertieft, die sich als Endlospapier auf dem Boden wellte.
»Dann haben Sie sich ja gar nicht verändert. Von Lisa Borst soll ich Ihnen übrigens ausrichten ...«
»Ich bitte Sie. Mit Frau Borst hatte ich nie was.«
Heckmann überhörte den Einwand. »... daß sie überraschend für ein Vierteljahr nach Australien mußte. Ein Stipendium.«

»Wahrscheinlich aus dem Känguruhfonds. Für Einsteiger.«
»Was über die Dürre. Und die dürfte demnächst auch über Sie hereinbrechen. Unser Spesentopf ist nämlich leer.«
»Was Sie nicht sagen, Chef.«
»Hundert Mark pro Übernachtung. Und ich hoffe, Sie finden bald eine Wohnung.« Heckmann genoß es, so zu tun, als sei das Tagblatt sein persönliches Konto.
»Spare, spare, Häusle baue«, entgegnete Udo mokant.
Heckmann hüstelte. »Ich hoffe außerdem, Sie haben den Lokalchef im Feuilleton nicht verlernt. Sie sind der geborene Reporter, Winterhalter. Ihnen gefällt es als Korrespondent im Norden. Fest angestellt.«
»Fest angestellt gefällt es mir außerordentlich gut.«
»Und es ist doch immer etwas los in Hamburg?«
»Immer«, sagte Udo.
»Ihr habt ja einen Ton drauf«, bemerkte Inge, die bezirzend an einem Bleistift lutschte. »Ich verstehe nicht, warum du dir für eine Provinzpostille, die du haßt, den Popo aufreißt. Und das vermutlich für einen Hungerlohn.« Hinter ihr hing ein Werbeplakat, auf dem in klassischen Adler-Typen stand: *Textbüro Karge, Pietsch & Moosmüller – Kommen Sie zu uns, bei uns liegen Sie richtig.*
Udo schaute die schier endlos hohen Wände hoch und aus der schaufenstergroßen Scheibe auf einen ausladenden Baum, der zarte Knospen trieb. Er nieste. »Es arbeitet halt nicht jeder für Hochglanzmagazine und Weltblätter und wird dabei so reich wie du. Im übrigen ist das Stuttgarter

Tagblatt eine überregionale und traditionsreiche Zeitung. Mit allen Mantelblättern kommen wir auf eine Auflage von ...« Er nieste.
Inge grinste. Sie streckte Udo eine dicke weiße Mappe hin. »Hier. Karge kann nicht, Moosmüller will nicht, und ich darf nicht. Private Verquickungen. Aber für dich wär das doch was.«
Udo griff zu. Sein Blick schweifte durch das riesige Großraumbüro, in dem die zwei chaotisch mit Technologie und Papier zugeschütteten Schreibtische gegenüber Tag für Tag vakant blieben.
»Warum sind eigentlich deine beiden Kollegen nie da?«
Inge lachte, als hätte er einen wirklich guten Witz gemacht.

Prof. Dr. Siegfried Blohmke saß, ein geschliffenes Gläschen Portwein – Originalimport – vor sich in seinem mahagonifarben gebeizten Schaukel-Fauteuil und hackte seine Visionen des 3. Jahrtausends ins Internet. Er wußte nicht, ob sie dort jemals einer aufrief, und es war ihm auch egal. Es reichte ihm, sich vorzustellen, daß, falls intelligentes Leben auf dem Jupiter existierte, man sich dort zu gegebener Stunde seine Utopien zunutze machte. Dieser größte Planet unseres Sonnensystems, der sich in nur zehn Stunden um die eigene Achse dreht, ist nach dem mächtigsten römischen Gott benannt. Einer seiner vier größten Monde, die Galileo Galilei entdeckt hat, heißt Europa.
Blohmke süffelte. Ganymed, Callisto, Io und Europa. Wie

die vier Ausgänge des Hauptbahnhofs. Blohmke interessierte sich vor allem für Europa. Ihm schwebte eine europäische Föderation vor, in der das Volk von Barcelona und Bratislava regierte, von Paris und Palermo, von Swansea, Sevilla, Sarajevo und Schwenningen.

Von der Algarve bis in die Walachei, von der Dänemarkstraße bis zum Weißen Meer sollte Europa unser werden. Und wir Europa.

Blohmke schaukelte. Sein Fauteuil hatte Michael Thonet im Jahr 1847 für den »halben« Liberalen Karl Mathy gefertigt, der die wahrhaft Freisinnigen bald darauf verriet. Beziehungsweise Mathy hatte sich das frühindustriell gefertigte Stück unter den Hintern gerissen, aber Blohmke dachte gar nicht daran, seinem badischen Beispiel zu folgen.

Im Gegensatz zum sch...liberalen Mathy war Blohmke immer revolutionärer geworden. Während der Studentenrevolte hatte er einer rechtsliberalen Studentenverbindung angehört, dem Weißen Illuminat, einer Säuferbande, *si diligentius inspexeris*. Davon wollte er heute, dreißig Jahre später, nichts mehr wissen. Sie hatten das Aufklärerische ins Reaktionäre gewendet, *si vis veram rationem exsequi*.

Heute, exakt dreißig Jahre nachdem das damals als linksradikal verschriene Kuratorium »Notstand der Demokratie« einen Sternmarsch auf Bonn veranstaltet hatte, wollte der Hamburger Politologieprofessor Dr. Siegfried Blohmke die Revolution. Er wußte auch, wie sie anzupacken war.

Die *Susi Bar* lag nicht, wie man hätte annehmen sollen, in der Susannenstraße, sondern weiter drinnen im Kiez, mitten in St. Pauli, in der Nähe vom Hans-Albers-Platz. Es war ein einstmals funktionales, mit hanseatischem Kaufmannssinn solide ausgestattetes fünfstöckiges Eckhaus mit kargen Wohneinheiten für die Hafenarbeiter, denen man zwar den privaten Abtritt verwehrte, nicht aber den Stuck im Treppenhaus. Im Zuge der sozialdemokratisch eingeleiteten Sanierungsmaßnahmen hatte man das besetzte Gebäude in den Endachtzigern geräumt. Danach hatte die Abrißruine fast zehn Jahre leer gestanden, ehe sie sich ein idealistischer Zuhälter für ein paar schlappe Eier unter den Nagel gerissen hatte. Er machte unten eine Bar und oben ein Hotel daraus, und – sicherlich aus denkmalschützerischer Sorgfalt – wurde am Interieur nichts Nennenswertes verändert.

»Folgen Sie mir«, befahl die Dame, die sich knapp als Hertha vorgestellt hatte, nach eingehender Prüfung. Offenbar fand sie an Udo nichts Verdächtiges: Mit den eckigen Bifokalgläsern unter den linealgeraden, rechtwinkligen Titanbügeln sah er aus wie ein intellektueller Idiot, und seine borstendicken, grauschwarz melierten Haare, die wie ein umgedrehter Kehrwisch senkrecht vom Kopf abstanden, taten ihr übriges.

Vor Udo trippelte sie unzählige schiefe Stiegen hoch und durch einen schummrig beleuchteten Flur, in dem alles, was sie anhatte, kakerlakenbraun aussah. Es war nicht viel. Hertha sah aus, als habe sie zu lange am Strand gelegen, als

habe sie auf Mallorca den Flieger verpaßt und bewege sich seitdem in einem immerwährenden Urlaub.
»Bitte.« Mit einem langhalmigen Schlüssel öffnete sie eine Tür, die wahrscheinlich im Fin de siècle zuletzt lackiert worden war. Gleißendes Licht bündelte sich im Gang.
Ein Bett. Ein Tisch. Ein Stuhl. Ein Schrank. Udo blinzelte. Er kam sich vor wie in einer Metapher der Kahlschlagliteratur aus der Nachkriegszeit. Finito Ikea, alles vom Sperrmüll.
»Achtzig Mark die Nacht«, sagte Hertha. »Service extra.«
»Großartig«, erwiderte Udo.

Mit der U 3 fuhr er zur Hohenluftbrücke. Ein paar Ecken weiter, im gleichnamigen Arbeiterquartier, befanden sich die *Falkenried-Terrassen*, ein auf schlicht gemachtes, umbrisches Nobelrestaurant, das auf Slow-food schwor. Feinste und erlesenste Zutaten in naturbelassenem Zustand bürgten für ein sich der Fast-food-Welle auch pekuniär widersetzendes, mediterranes Gaumenerlebnis. Die Adresse hatte Winterhalter aus dem führenden Stadtmagazin.
Udo setzte sich draußen an den letzten freien Biertisch. Es ging gegen Abend. Die Luft war lau und wurde ihm von den Blättern und Blüten eines Kastanienbaums zart zugefächelt. Udo nieste. Alsbald schwebte eine androgyn gestylte Fachkraft heran, die mit einem nachsichtigen Lächeln seine Bestellung aufnahm: Spaghetti con salmone und ein Pils.

Spaghetti con salmone – Für 10 schicke bzw. 5 schnöde Portionen:
500 g XXL-Spaghetti, 2 Becher Spar-Schlagsahne, 200 g geräucherter Aldi-Lachs, 1/2 Gläschen Räucherfischsoße von Karstadt (4–5 EL), Salz, Knoblauchsalz, 2 EL Olivenöl, 1 Ökozitrone, Dill
di Mario Secondi-Tacoradi, Umbria
Spaghetti in olivenölhaltigem Salzwasser bißfest garen. Lachs in schmale Streifen schneiden und pürieren, bis ca. 2 Zentimeter dicke Bällchen entstehen. Bei Bedarf mit einer Gabel nachhelfen. Dann die Lachsbällchen mit der Schlagsahne und der Räucherfischsoße vermengen, herzhaft Knoblauchsalz und mäßig Salz zugeben. Spaghetti abgießen, gut abtropfen lassen und zurück in den Topf schütten. Lachs-Sahne-Soße auf die Spaghetti kippen und bei schwacher Hitze kurz unterheben. Nicht zum Kochen bringen! Mit Dillspitzen und einem eleganten Zitronenschnitz gaumengemäß temperiert servieren.

Schon lange hatte Winterhalter keine so leckeren Spaghetti mehr gegessen. Er bestellte eine zweite Portion und verlangte den Koch.
»Tut uns leid«, meinte die zweigeschlechtliche Fachkraft.
»Ich bin ein Top-Journalist«, antwortete Udo, »ich mach den Schuppen hier platt.«

Keine zehn Minuten, und der Koch erschien. Sein adonishafter Körper kam in der sackgeraden, knöchellangen, totenhemdsteifen Schürze aufreizend gut zur Geltung. Das Megaperlweiß stand in schmackhaftem Kontrast zu seinem Antlitz. In der einen Hand balancierte er elegant den Teller Spaghetti, in der andern zwei randvolle Gläser Grappa.
»Sieh an«, sagte Udo, »Signor Mario Secondi-Tacoradi. Wußte gar nicht, daß Sie in so vielerlei Hinsicht talentiert sind.«
»Woher kennst du meinen Namen, Kümmeltürke?« quetschte der Koch zwischen seinen Zähnen hervor. Das Weiße in seinen rollenden, von roten Äderchen durchwobenen Augen blitzte.
»Na hör mal, du hast die Speisekarte doch signiert. Oder kannst du nicht lesen?« Udo hob sein Glas und prostete. »Analphabetismus. Legasthenie. Meine Taxiquittung hast du mit so was wie Ndogobomotos unterschrieben. Komisch, nicht wahr?«
Auch der sehr schwarze Koch hob die Hand. Aber ohne Glas. »Hör mal, Kümmeltürke, wenn du mich verpfeifst ...«
Udo grinste. »Hier oder in der Taxizentrale?« Er nippte am Grappa und griff zur Gabel.
»Ich brauche Geld«, sagte Mario. »Wenn herauskommt, daß ich zwei Jobs mache ...«
»Bist du beide los, und wir sind dich los«, ergänzte Udo mitfühlend. »Nach welchem Teil Umbriens hast du denn Heimweh?«
»Ich komme aus einem kleinen Fischerdorf bei Sekondi-Takoradi, Ghana.«

»Fischerdorf, hm«, überlegte Udo, »die wissen dort offenbar Bescheid. Der Lachs schmeckt ausgezeichnet.«
Mit seiner sehnigen, großen Hand griff Mario in die Gesäßtasche seiner Jeans und zog einen Kaugummi heraus. »Kochen gelernt habe ich unten am Hafen im Asylcontainer.«

Am wackligen Hotelzimmertisch begann Winterhalter seine neue Kolumne: *Hamburger Steckbriefe*. Das Schicksal des Taxifahrers und Nobelkochs Mario Secondi-Tacoradi ging ihm flink von der Hand. Wie es Mario, der im Tagblatt Abraham Nagabotu (28) hieß, vom idyllischen ghanaischen Fischerdörfchen Komedi in den Blechcontainer auf der Elbe verschlagen hatte, welche Schelmereien ihm einfielen, um zu überleben – ein zauberhaftes Sujet für einen Neu-Hamburger.
Plötzlich entsann sich Udo wieder: Inges dicke weiße Mappe.

21. Mai, Christi Himmelfahrt

Verdammt«, schrie Udo ins Telefon, »jetzt habe ich mich schon darauf eingestellt!«
»Sie hat die Röteln!« keifte Claudi zurück. »Weißt du eigentlich, wie wichtig es für ein Mädchen ist, daß es die Röteln durchmacht?«
Man einigte sich auf Fronleichnam. Claudi würde Luise im Zug begleiten. Übergabeort Bahnhof Altona.

Udo unterbrach die Leitung und rief Heckmann an. Trotz des Feiertags nahm er sofort ab. »Die gute oder die schlechte Nachricht?«
»Die gute«, bat Udo. Er nieste.
»Ihre *Steckbriefe* sind phantastisch. Auf Ihren Nobelkoch haben wir so viele Leserzuschriften von Gutmenschen bekommen wie noch nie. Die sind auf dem Weg. Und Sie werden den Berg beantworten.«
»Ist das die schlechte Nachricht?«
Heckmann hüstelte. »Die Folgestory von Hertha Mulisch und den sanierenden Zuhältern gefällt mir persönlich noch besser. Glückwunsch, Winterhalter. Wir bringen das als Aufmacher groß auf Seite drei. Wobei die Headline nicht geht: ›Senat stoppt Sanierung – Rotlicht-Bosse renovieren Hafenviertel selbst‹. Wir sind doch nicht bei der taz, Mensch.«
»Die taz ist in dieser Hinsicht Spitze.«
»Um so schlimmer für Sie, Kollege.«
»Wenn das die schlechte Nachricht sein soll ...« Udo nieste.
»Ihre Photos sind unter aller Sau«, brüllte Heckmann. »Es soll in Hamburg ein Heer von anständigen Agenturen geben. Bringen Sie mir sauberes Bildmaterial, oder Sie sind auf der Stelle entlassen!«

Peter Gillner-Gotthilf wickelte seinen Säugling mit einer ungebleichten Stoffwindel, als Käthchen rief: »Du hast eine E-Mail, Schatzi.«

»Dann druck sie aus!« schrie er, denn sein Arbeitszimmer lag am gegenüberliegenden Ende des Flurs, und die Flure in Winterhuder Altbauwohnungen waren so lang, daß man Fußball darin spielen konnte. Sasinka und Xaver waren bereits dabei. Wosch! knallte das Leder gegen den Strohhut, der an der Wand hing.

»Es kommt vom heiligen St. Pauli.« Käthchen trat hinter ihren Gatten und las vor: »Liebster! Was wirst Du heute abend anziehen, wenn Du mich zur Hundertfünfzigjahrfeier der Deutschen Revolution ins Literaturhaus begleitest? Ich bin der bescheidenen Ansicht, daß man derart baden gegangene Pleiten nicht feiern sollte, aber unsere gallischen Nachbarn betreiben auch an jedem 14. Juli lustvoll ihre persönliche nationale Geschichtsfälschung, warum also sollte ich nicht ebenfalls, schon aus Gründen der Namensverwandtschaft, mit unseren liberalen Genossen von der neugegründeten Freisinnigen Partei Deutschlands auf das Debakel in der Paulskirche anstoßen? Ob Kemal Salem uns einen südbadischen Gutedel kredenzt oder einen Pfälzer Silvaner? Ich bin mir sicher, der Wein liegt uns recht sauer auf der Zunge, aber Kemal ist so ein süßer Bub, also bitte, laß mich nicht hängen und komm mit.«

Am Hans-Albers-Platz schmiß Udo die fünf Exemplare der Tagblatt-Mittwochsausgabe, die er zwei Tage mit sich herumgeschleppt hatte, endlich in den Papiercontainer. Das »Blatt zur Welt« war in Hamburg nur am Hauptbahnhof erhältlich, und dort allein am Spezialkiosk, der so bemerkenswerte Presseorgane wie den Thüringer Tagesanzeiger, den Braunschweiger Boten und den Fränkischen Beobachter feilbot. Aus Loyalitätsgründen schien es Udo selbstverständlich, daß er den allmorgendlichen Umweg in Kauf nahm, um sein gedrucktes Werk zunächst zu erwerben und es dann samt und sonders verschwinden zu lassen, bevor er im Büro zu neuen Taten ansetzte. Er nutzte den Gang, um sich all das zu besorgen, was er für seine journalistische Tagesarbeit brauchte. Ein Kilo Äpfel. Eine Familienpackung Papiertaschentücher. Lippenpflege, Hustenbonbons sowie sämtliche in und um Hamburg herum erscheinenden Presseerzeugnisse.

An seinem Schreibtisch über der *Susi Bar* las Udo die Nächte hindurch und spintisierte in seinen Laptop, den Zahnputzbecher voll Chianti vor sich, während es draußen rot und grün blitzte. Das Wesentliche gab er dann gegen Mittag vom Büro aus per Modem ins Tagblatt-System ein. Da er trotz seiner chronischen Rhinitis einen genialen Riecher für gesellschaftlich relevante Ereignisse und deren Behandlung in der Presse hatte, kannte er sich nach zwei Wochen aus. Er durchschaute, wofür andere ein Leben brauchten: daß in Hamburg nämlich nichts los war. Überhaupt nichts. Die Hansestadt strotzte vor satter Langeweile, und Winterhalter war das recht.

Bevor sich Udo für Kemal Salems liberale Revolutionsfeier umzog, bereitete er auf seinem Hotelbett das journalistisch auswertbare Wochenende vor. Zunächst erfand er einen Verkehrsunfall. Es war statistisch gesehen höchst wahrscheinlich, daß es morgen in Hamburg gehörig krachte. Entscheidend dabei, daß man sich die Details dazu vorher überlegte, denn im akuten Fall blieb für schmückendes Beiwerk keine Zeit. Udo schrieb: »Fernlaster rast in Tierboutique – 500 gefiederte Lieblinge finden den Tod«. Er ersetzte »Lieblinge« durch »Freunde« und fand fünfzehn pfiffige Zeilen, in denen er die verbrecherischen Machenschaften des Hamburger Verkehrswesens anprangerte und einen noch weit vernichtenderen Vergleich zu den Stuttgarter Verhältnissen zog. Um sich zu entspannen, ließ er einen Bankräuber mit Hilfe einer Sauerkrautdose eine Viertelmillion Mark erbeuten.

Kemals Revolutionsfeier mußte Samstag ins Blatt. Udo hatte sich dafür den Großteil der »Dritten Seite« reserviert, also durfte auf der Party auch tüchtig was los sein. Der dicken weißen Mappe, die ihm Kollegin Inge überlassen hatte, entnahm er einen scharfkantigen Stapel Glanzpapier, das spärlich mit unförmigen Zeitgeistlettern bedruckt war. Daraus ging hervor, daß sich vor kurzem in Hamburg die Freisinnige Partei Deutschlands gegründet habe, die unter dem sinnigen Kürzel FPD das politische Spektrum der FDP zum linken Rand des liberalen Tellers hin erweitern wolle.

Vorsitzender war der 36jährige Rechtsanwalt Kemal Salem, dann folgten lauter Namen, die Udo nicht kannte. Aber es gab Photos. Massenhaft gestochen scharfe Photos.
Udo überflog die Rednerliste und stellte sich das anschließende Büfett vor. Während er belanglose Bonmots zur 48er-Revolution durchlas, fiel ihm plötzlich *salmone* ein, und daraus wurde *Salmonelle*. Er schrieb: »Liberale Gedenkfeier endet für frischgebackenen Parteivorsitzenden mit Bauchgrimmen – Kommt Kemal Salem bei den Wählern durch? – Basisdemokratische Programmentwürfe der Freisinnigen Partei Deutschlands beschreien das Deutschlandlied von 1848«. Udo unterkringelte *Deutschlandlied* und schrieb an den Rand, mit Ausrufezeichen versehen, »Europa! Das ganze Europa soll es sein. Wir für Europa. Europa für uns«.
Falls es im Jahr 1848 einen Europagedanken gegeben hatte, so führte Kemal Salem ihn jedenfalls jetzt radikal und ohne Rücksicht auf Verluste zu Ende. Er propagierte eine neue, siegreiche bürgerliche Revolution nach dem demokratischen Muster des 19. Jahrhunderts. Das paßte zu ihm. Deshalb hatte er Gegner. Gefährliche Gegner.

Am Eingang des prachtvollen Saals stieß Inge Pietsch mit Ida Hering zusammen. Damit war für beide der Abend gelaufen. Beide trugen schwarze Etuikleider zu schwarzen Strümpfen und Pumps. Beide loderten um die Wette, nur daß Inges Haarfarbe echt war. Eins zu null für

Inge, doch Ida machte den Punktsieg mit ihrer apfelgrünen Handtasche wieder wett.
Das vornehme Literaturhaus füllte sich mit einem schwappenden Stimmensud, aus dem spitze Willkommensgrüße hochzüngelten. »Schön, dich zu sehen«, sagte Paul Junge im Foyer zu Peter Gillner-Gotthilf und half seinem Fraktionsfreund aus dem Mantel, den dieser gar nicht trug.
»Laß den Quatsch«, erwiderte letzterer mürrisch, »und blamier dich nicht schon wieder.«
Junge streckte sich. »Es würde völlig ausreichen, wenn du auf deinen eigenen Ruf achtest.«
»Wir sind nicht zu unserem Privatvergnügen hier, sondern zum Wohle der Partei.« Gillner-Gotthilf grinste säuerlich.
»Wir repräsentieren die Hamburger Regierung«, stimmte Junge kichernd zu.
»Also halt die Klappe und benimm dich.«
Wie eine lächelnde Mauer erlaubten sie, daß ihnen ein sehr großer Herr direkt in die Arme lief. Er sah majestätisch aus, die zu kurzen schwarzen Jeans und die abgewetzte Lederjacke saßen wie ein eins a Frack, die staubige Kehrwischfrisur konnte für den grauen Zylinder durchgehen. Vor allem aber trug er maßgearbeitete, knöchelhohe Schnürschuhe im Stil des 19. Jahrhunderts, auf die Gillner-Gotthilf, der in seiner alternativen Epoche eine Umschulung als Schuster absolviert hatte, fassungslos hinunterstierte.
»'tschuldigung!« rief Junge, als Udo ihn schier über den Haufen rannte.

»Macht nichts«, erwiderte Winterhalter jovial.
»Okay, ich bin Paul, und das ist Peter«, stellte Junge vor, »zwei spionierende Bürgerschaftsabgeordnete aus der Froschfraktion. Welches perverse Vergnügen führt dich hierher an die Alster?«
Aha, dachte Udo, sieh an. Der asketische Altgenosse Gillner-Gotthilf und dieser kleine, berufsszenegängerische Parteiaufsteiger Junge. In Stuttgart wäre es undenkbar, daß so ein Rathaus-Büttel die Lokaljournaille duzt. Udo schluckte. »Ich habe Kemal Salem kürzlich meine Schuhe geliehen.«
In Stuttgart hätte man darüber gelacht. Aber Hamburg ...
»Gehen wir hinein«, meinte Gillner-Gotthilf trocken.
Über der Saaltür hing ein wuchtiger Lorbeerkranz, in dem goldene Ziffern die Zahl 150 ergaben. Drinnen drängelte sich im Schweiß-, Parfüm- und Tabakduft ein Haufen Honoratioren, die Udo weder kannte noch kennenlernen wollte. Ein paar Meter entfernt stand Inge Pietsch. Sie hatte einen Sektkelch in der Hand und rauchte. Gleichzeitig gestikulierte und redete sie unablässig. Inge erinnerte Udo plötzlich an Brigitte Heckmann, die Frau des Chefredakteurs, die vor sieben Jahren einem mysteriösen Unglück zum Opfer gefallen war. Er sah wieder Brigitte da stehen. Er schnappte nach Luft. Niemals hatte er beweisen können, daß es Mord gewesen war. Er hatte ein paarmal mit Brigitte geschlafen und sich entsprechend verpflichtet gefühlt, sich um die Aufklärung des Falls zu kümmern. Dieser Tod erschien ihm

durch und durch unnatürlich, und plötzlich kam Udo dieses Déjà-vu-Erlebnis unheimlich vor, zumal im Zusammenhang mit dem Anlaß eines Jubiläums, und um ihn verdichtete sich das Bild der damaligen Ereignisse. So weit durfte es diesmal nicht kommen.

Es stinkt, dachte Udo, es stinkt nach Sterben wie damals bei dieser Veranstaltung im Stuttgarter Literarischen Zentrum. Er taumelte.

»Ist dir nicht gut?« fragte Junge ohne jedes Mitgefühl.

Udo schwieg. Der Schwindel ging vorüber. Der Moder löste sich auf in Maiglöckchen und Moschus. Reden wurden gehalten, auf die Partei, auf die Revolution und wieder auf die Partei. Kemal Salem sah umwerfend aus, wie er im diskreten taubenblauen Anzug das Podest erklomm, Winterhalter seufzte. Kemal würde scheitern: Ein Parteivorsitzender mit erotischem Charisma bleibt in Deutschland chancenlos.

»Liebe Freundinnen und Freunde«, begann Kemal seine Rede, »wir sind zusammengekommen, um der Ereignisse vom 18. Mai 1848 zu gedenken, dem historischen Datum aller Demokraten. Als in der Frankfurter Paulskirche die Verfassunggebende Nationalversammlung eröffnet wurde, hatte die Deutsche Revolution ihr wesentlichstes Ziel erreicht, und die Abgeordneten ...«

»223 Juristen, 106 Professoren, 46 Industrielle, vier Handwerker, kein Bauer!« schrie Udo, der einer aufständischen badischen Bauernfamilie entstammte und wußte, wovon er sprach. Ihn trieb die dumpfe Hoffnung, daß er mit der Störung der Jubiläumsfeier Schlimmeres würde verhindern können.

Ein Raunen ging durch die Menge. Einige Böswillige lachten, Hände klatschten frenetisch. Ein Heer empörter Köpfe fuhr herum, die den alle überragenden Störenfried sofort ausmachten. Gillner-Gotthilf und Junge schnappten Winterhalters Handgelenke und zerrten ihn nach draußen. Er wehrte sich nicht.

»Am 18. Mai 1848«, erklärte Udo in der lauen Maienluft, die nach Flieder, Kastanien und fauligem Wasser roch, »hockte Frieda Schäfferlin bereits im Gefängnis.« Er nieste.

»Sagt mir gar nichts«, meinte Gillner-Gotthilf.

»Frieda Schäfferlin war eine badische Revolutionsdichterin, deren zu Lebzeiten verkanntes, jedoch beachtliches Werk im Literaturarchiv Lauffen am Neckar einsehbar ist«, antwortete Udo, ohne zu erwähnen, daß er für dieses Geschenk an die germanistisch interessierte Nachwelt verantwortlich war. »Einen gewissen Bekanntheitsgrad erreichte sie dadurch, daß sie während der Aprilrevolution 1848 in Heckers Kolonne mitmarschierte. Als Sensenweib zog sie mit den bewaffneten Schwarzwaldbauern im Männerrock auf den Feldberg hinauf, wo sie in Notwehr einen württembergischen Späher guillotinierte.«

Peter und Paul sahen einander an und nickten.

»Frieda Schäfferlins Vision war die Einführung einer Verfassung nach dem Vorbild der Vereinigten Staaten von

Amerika, das Grundgesetz der ersten modernen Demokratie des Weißen Hauses. Im Kerker verfaßte sie dazu die berühmte Flugschrift *Der weiße Opponent*, aus der Karl Marx, allerdings polemisch, üppig zitiert hat.«

»Kennen wir. Wissen wir. Haben wir von gehört«, sagte Gillner-Gotthilf. »Ist das nicht die, von der dieser wahnsinnige Blohmke schwärmt?«

»Wer ist Blohmke?« fragte Udo.

»Professor Siegfried Blohmke, ein gekränkter linksliberaler Politikwissenschaftler, zudem ein gar zu heller Kopf. Von jenen basisdemokratischen Utopien erfüllt, die dem deutschen Michel abgehen. Im Internet läßt er zitierfähige schlaue Sätze ab, wie er sich den Umsturz vorstellt, aber kein Mensch nimmt sie ernst.«

Udo nieste.

»Laß uns wieder hineingehen«, riet Junge. Sie kamen pünktlich zum Sturm aufs Büfett.

Mario Secondi-Tacoradi hatte schon viele Jobs erledigt, doch dieser war der weitaus lukrativste. Als Warm- und Kaltmamsell zeichnete er für Hunderte von historischen Häppchen verantwortlich, und die revolutionären Küchenzettel seines Teams reichten von Schweinspreßkopf, Aal-Roulade mit Aspik und gebratenen Küken auf Heringssalat über gespickte Rehkeule in Gelee und Hasenpfeffer mit Krebsschwänzen bis hin zu Apfelsinen-Pudding und Punsch-Torte. Mittels solcherlei Arrangements

hatte sich die feinere Gesellschaft Mitte des 19. Jahrhunderts an ihren bürgerlichen Tafeln darüber hinweggetröstet, daß der bewaffnete Pöbel durch die Gassen krakeelte.
Zu seinem weißen Smoking trug Mario eine hohe, bauschige Kochmütze, und der Zahnarzt hatte ihm kostenpflichtig die Teebeläge entfernt. Sein makelloses Gebiß blitzte raubtierhaft. Staatsmännisch stand er hinter einem der langen, weißbetuchten Tische, auf denen sich kalte und warme Leckereien türmten, er ersetzte die Platte mit den Räuchertauben, rückte die Radieschen zurecht und strahlte Udo an. »Hör mal, Kümmeltürke, wenn du mich verpfeifst ...«
Udo zuckte die Schultern. »Aber woher denn, Kumpel.«
»Kennt ihr euch?« fragte Inge, die so dicht hinter Udo getreten war, daß sie ihm die Perlen ihrer Halskette ins Kreuz drückte.
»Aber woher«, wiederholte Udo gedehnt und spähte auf Inges Teller. Der lief über vor marinierten Schnepfen, ein subtiler Affront, welcher der Widersacherin Ida Hering galt. Diese stand mümmelnd neben dem Peter-Paul-Gespann und gratulierte dem vorübereilenden Parteivorsitzenden mit vollem Mund.
»Eine ätzende Zicke«, sagte Inge, die nach frischen, dampfenden Brezeln roch.
»Da hab ich einen ganz anderen Eindruck«, erwiderte Udo. »Jedenfalls kriegt sie eine prima Presse.«
»Papperlapapp.« Inge lächelte Kemal zu, der elegant auf sie zuschritt. Sie schaffte es, trotz korrespondierender Körper-

größe, zu ihm aufzusehen. »Deine Rede war gut. Ich bin stolz auf dich.«

»Bei Inge«, sagte Kemal zu Udo, »weiß man nie, woran man ist. Aber dein Einwurf war auch nicht übel.«

»Du bist mir also nicht böse?«

»Überhaupt nicht.« Kemal stierte gierig in die Büfettlandschaft.

»Ich hatte plötzlich das Gefühl«, sinnierte Udo, »daß es hier nicht mit rechten Dingen zugeht. Eine Art Platzangst. Ein Déjà-vu.« Plötzlich wußte er es. Karl Mathy. Kemals große, vorstehende Augen erinnerten ihn an den halben Freisinnigen Karl Mathy, den Erzverräter der Badischen Revolution.

»Wir sollten etwas essen«, entgegnete Kemal und langte nach einem Teller.

Udo tat es ihm gleich, wobei seine Vorlieben deutlich pflanzlicher Natur waren. Zur Vorspeise wählte er eine Bouillon, die nach frisch gehacktem Liebstöckel roch.

Kemal deutete auf eine besonders kreativ dekorierte Platte, auf der schief bemützte Blätterteigzwerge weiße Fähnchen schwangen. Sie standen in Spinat und spielten mit Erdbeeren Fußball.

»Das ist Pastete nach französischer Art«, erklärte Mario, der sofort herbeisprang. »Ein Rezept aus einem Hamburger Kochbuch von 1879.«

»Dem Jahr nach Gründung der Heilsarmee. Was ist denn dadrin?« Kemal lächelte verbindlich.

»Gehacktes Ochsenmaul, Kälber- und Schafszungen. Schweinszungen und -schnauzen, Morcheln, Champignons, Trüffel, Austern, Muscheln, Kälbermilch, Brotkrumen, Butter, Salz und Ei«, ratterte Mario herunter.
»Lecker«, meinte Junge, der nun ebenfalls zum Teller griff. Er lud lustvoll einen beleibten Pastetenzwerg auf.
Der liberale Parteivorsitzende schwankte.
Junge grinste. »Kemal, sei kein Frosch. Als Ex-Chaot bist du doch ein barbarischer Liebhaber der Volxküche.«
Inge und Udo lachten.
Ida Hering und Gillner-Gotthilf wollten wissen, was es da zu lachen gab.
Beherzt griff Kemal ins Fußballfeld. Er wählte den zentralen Mittelfeldspieler, weil dieser etwas konditionsschwächer daherkam.
»Vorzüglich«, lobte Junge, »geradezu exorbitant gut.«
Jetzt wollten es auch Ida und Gillner-Gotthilf wissen. Ida nahm den linken Innenverteidiger, Gillner-Gotthilf prüfte sämtliche Zwerge, bevor er sich für den linken Mittelfeldspieler entschied.
Inge räumte einen Stürmer ab und reichte ihn Udo, der traurig, mit auf die Bouillon gesenktem Blick den Kopf schüttelte. Dann biß sie hinein, es knusperte und knackte. Udo wollte ihr die Pastete noch aus der Hand reißen, schreien: Tu´s nicht! Das Zeug da ist vergiftet! Jemand will dich um die Ecke bringen!
Aber es war Kemal, der umfiel.

1. Juni, Pfingstmontag

Während in Stuttgart der Flieder schon rostete, schwellten in Hamburg noch dessen Blüten. Jetzt herrscht der Augenblick, dachte Udo wie in jedem Jahr, als er das erigierte fleischrosa Kerzenmeer einer Roßkastanie betrachtete. Sobald Kastanien und Flieder verblühen, ist wieder mal alles vorbei. Obwohl Udo unter seiner allergischen Unpäßlichkeit litt, waren Mai und Juni seine Lieblingsmonate. Die einzige Zeit im Jahr, in der er sich lebendig fühlte. Das hatte mit dem sinnlichen Angebot zu tun, den Gerüchen vor allem, die Udo um so herzhafter wahrnahm, je verschnupfter er war. Sämtliche Schleimhäute waren aufs äußerste sensibilisiert. Udo nieste.

»Jesus«, sagte Inge Pietsch, als er zur Bürotür hereinkam. »Seit du in Hamburg bist, scheint die Sonne, und du rotzt ewig vor dich hin.«

Udo schwieg. Er wunderte sich, daß Inge von seinen Problemen nichts mitbekam, und er fragte sich, wo Karge und Moosmüller steckten. Inge hatte erklärt, Karge sei überstürzt für eine anspruchsvolle Recherche nach Moskau geflogen, während Moosmüller manchmal einfach für ein paar Monate abtauche. Nun müsse sie ein paar Gigs für ihn mit übernehmen und komme gar nicht mehr aus dem Büro raus. Aber weder auf dem einen noch auf dem anderen verwaisten Schreibtisch türmte sich Post. Sobald Udo die Tagesration verteilt hatte, ließ Inge sie verschwinden.

Außerdem hatte sie an seinem Laptop herumgespielt, angeblich, weil sie dessen Programm so charmant fand.
»Wie geht´s Kemal?« fragte Udo.
»Er wird voraussichtlich am Dienstag beerdigt«, erwiderte Inge, ohne mit der Wimper zu zucken.
»Fein«, meinte Udo, »dann geht ja offensichtlich doch was voran, und sie können meinen Freund Mario endlich wieder laufenlassen.«
Inge sah knapp von ihrem Bildschirm auf. »Es gibt nichts, was diesen Mario entlastet.«
Udo flegelte sich auf den durchsichtigen Gymnastikball, auf dem er seine Schreibexerzitien abhielt. »Er war´s nicht, das weißt du genau.«
Schweigend malträtierte Inge die Tastatur.
»Ziemlich gewieft, einen stockschwarzen Ghanaer einzusperren.«
»Wie meinst du das?« fragte Inge erschöpft.
»Da sieht man mal wieder, wohin das Asylrecht bei uns führt: Ein undankbarer Nutznießer murkst einen unserer liberalsten Nachwuchspolitiker ab. Von dieser Logik haben wir alle etwas. Du, dein Blatt, deine Leser.«
»Er war der zuständige Koch«, erwiderte Inge.
»Das muß nicht heißen, daß er das Gift hineingetan hat. Es waren schließlich nicht alle Pasteten vergiftet, sondern nur diese eine.« Udo pausierte. »Weißt du was? Ich glaube, sie war für dich bestimmt.«
Inge sprang auf. An ihrem Hals blühten ungesunde rote

Flecken. »Jetzt reicht´s aber! Raus!«
»Ich meine ja nur. Es ist – Intuition, verstehst du?«
»Raus!«

Kollegial und kompetent. Kemals Lobpreis. Vielleicht hatte er Inge, indem er Winterhalter mit deren Bürogemeinschaft verkuppelte, vor irgend etwas bewahren wollen? Oder aber er wollte sie reinreiten. Jedenfalls glaubte Udo nicht mehr, daß er durch Zufall im Textbüro Fettstraße gelandet war. Wo blieben die Kollegen Karge und Moosmüller? Hatten sie eine Urnengemeinschaft auf dem Ohlsdorfer Friedhof gegründet, nach dem Motto *Kommen Sie zu uns, bei uns liegen Sie richtig?*
In den ungesunden Wirren des Hauptbahnhofs genoß der heimwehkranke Starreporter eine rettende norddeutsche Blähbrezel, die schier zu einem Magendurchbruch führte. Während seine Schleimhäute von der ätzenden Lauge juckten, rief Udo Heckmann an, der für die Dienstagsausgabe mürrisch Dienst schob.
Der Chefredakteur tobte. »Die Konkurrenz hat den Mörder auf dem Tablett serviert! Und Sie bringen mir so ein Geschwafel!«
Udo wunderte sich kaum, daß Heckmann sich der Hamburger Weltjournaille wettbewerbsmäßig gewachsen fühlte. »Ich dachte bisher immer, die Gerichte entscheiden. In dubio pro reo.«
»Quatsch«, fuhr ihm Heckmann ins Wort. »WIR sagen, was

Sache ist. Sie waren doch dabei, als dieser illustre Parteivorsitzende in die Knie sank. SIE standen doch daneben!«

»Ich bin Alemanne«, flüsterte Udo. »Eure verdammten württembergischen Truppen haben unsere unschuldige Revolution niedergemetzelt.«

Heckmanns Ton schlug schlagartig um. »Winterhalter«, raunte er leutselig, »wenn Sie das Gefühl haben, diesem Fall nervlich nicht gewachsen zu sein ...«

»O doch«, sagte Udo, »ich weiß nur zufällig, daß dieser kleine Hobbykoch unschuldig ist. Kemal Salems Tod ist viel mehr als die billige Rache eines von der Erlebnisgesellschaft ausgegrenzten, armen afrikanischen Einwanderers. Er ist der Vorbote der Revolution.«

Heckmann hüstelte. »Sie werden mir doch keinen Rückfall bekommen?«

»Ich bin zwar depressiv, aber nicht meschugge«, erwiderte Udo. »Und jetzt horch, was ich frisch herausgefunden habe: In der Hamburger Bürgerschaft hat sich eine sogenannte Weiße Zelle gebildet, die bislang im Verborgenen operiert und parteiübergreifend daran arbeitet, das überalterte Parteiensystem auszuheben. Sie nennt sich Weiße Opposition und plant von hier aus den bundesweiten Umsturz, der nach dem Katalyseprinzip das ganze europäische System aus den Angeln heben soll.«

In Hamburg hätte man darüber gelacht. Aber Stuttgart ...

»Spinner«, schnofelte Heckmann. »Chaoten. Terroristen.«

»223 Juristen, 106 Professoren, 46 Industrielle, vier Handwerker, kein Bauer«, referierte Udo. »Über den aktiven Boykott der Bundestagswahl am 27. September soll eine republikumfassende demokratische Revolution ausgelöst werden. Ziel in unmittelbarer Zukunft ist eine deutsche Föderation, die qua Volksabstimmung funktioniert und in ein Vereintes Europa mündet.«

»Und das alles noch vor dem Jahr 2000.« Heckmann wischte sich hörbar den Schweiß von der Stirn. »Wenn Sie mich fragen – eine Schmierenkomödie. Und welche Rolle spielt darin Salems FPD?«

»Kemal Salem war ein halber Freisinniger, ein Verräter«, erklärte Udo. »Er hat die FPD nur gegründet, um der Weißen Opposition die wesentlichen liberalen Kräfte abzuziehen.«

»Und wer hat diesen Parteivorsitzenden auf dem Gewissen?«

»Na, der Weiße Oppositions-Boß«, erwiderte Winterhalter. »Sie müssen sich stets die Frage stellen: Wem nützt das? Die Antwort hilft im allgemeinen weiter.«

»Bringen Sie mir ein Interview!« bellte Heckmann. »Ich gebe Ihnen 24 Stunden Zeit!«

Prof. Dr. Siegfried Blohmke schaukelte auf der Dachterrasse in seinem Fauteuil hin und her und speiste, während er seinen Burgunder süffelte, ein exzellentes Interview ins Internet ein. »Der Volksentscheid, der über die neuesten Kommunikationstechnologien aus sämtlichen Haushalten alle Bereiche des Lebens lenkt, wird uns mit sofortiger Wirkung von den drängendsten Sorgen befreien. Kein Arbeitswilliger wird jemals wieder arbeitslos sein, und die wenigen unsozialen oder unfähigen Geschöpfe, die sich dem Dienst am Gemeinwohl verweigern, werden von der überwiegend arbeitenden Mehrheit automatisch mitversorgt.

In welchen Bereichen sollen denn vorrangig Arbeitsplätze geschaffen werden?

Sehen Sie, das ist der kommenden Volkssouveränität anheimgestellt. Ich male mir aus, daß im Umweltschutz und auf dem Pflegesektor sehr viele Arbeitskräfte gebraucht werden. Natürlich schwebt mir auch die Verbindung von Kopf- und Handarbeit vor, und ich könnte mir vorstellen, daß beispielsweise die ihres Amtes enthobenen Politiker zusammen mit den amnestierten Strafgefangenen und den entlassenen Rüstungsarbeitern Kollektive bilden, in denen autonom über die Verteilung der anfallenden Arbeiten entschieden wird. Subsistenzwirtschaft statt Wettbewerb, eigene Produkte für den eigenen Verzehr, das bedeutet auch einen Exportverzicht.

Und in welcher Weise sollen die Frauen am Erwerbsleben teilhaben?

Quotiert, alles quotiert. Fünfzig Prozent der Stellen werden auf allen Ebenen von Frauen besetzt. Die Erziehungsarbeit soll von Anfang an verstaatlicht und mit den Männern geteilt werden.

Ich dachte, der Staat wird abgeschafft ...
Der neue Staat, das Vereinte Demokratische Europa, wird aus Verteidigungsgründen in der Übergangszeit bestehenbleiben müssen. Wir haben vor allem von den Japanern und Chinesen Invasionen zu befürchten, die im dritten Jahrtausend die Weltabsatzmärkte kontrollieren werden. Da wir Europäer als Abnehmer für die asiatischen Produkte nicht mehr in Frage kommen, sind wir deren Aggressionen ausgesetzt. Wir werden sie allerdings ohne Waffengewalt und ausschließlich mit dem Einsatz von mentalen Energien beantworten. Darin sehe ich die Jahrtausendrevolution.
Herr Professor Dr. Blohmke, ich danke Ihnen für dieses Gespräch.«

Auf Udos Telefonkarte waren noch dreißig Pfennige. Im zerfledderten Telefonbuch fand er Gillner-Gotthilf, Peter u. Käthchen. Peter ging ran.
»Du mußt mit mir surfen«, sagte Udo. »Sofort.« Seitdem sie von der Kripo gemeinsam vernommen worden waren, hatte sich eilfertig Vertrautheit eingestellt.
»Surfen? Jetzt? Auf der Alster? Unmöglich. Nach dem Mittagsschlaf fahren wir mit den Kindern zur Großmutter in den Sachsenwald.«
Udo kratzte sich am Kopf. »Du hast doch einen Internet-Anschluß.«
»Du etwa nicht?«
»Doch. Im Büro. Aber Inge hat mich rausgeschmissen, und ich hab so ein Teufelszeug noch nie benutzt.«

»Was brauchst du denn?« fragte Gillner-Gotthilf resigniert.
»Alles über die FPD, den Bundestagswahlkampf, mögliche Wahlboykottaufrufe und den Europa-«
Pieps.

7. Juni, Dreieinigkeitsfest

Toxische Wolken dräuten am Hamburger Himmel. Die Meteorologen meldeten Zufuhr feuchter Warmluft. Das bedeutete: Migräne, reduzierte Blutgerinnung, Schlafstörungen, Thrombose, Embolie, erhöhtes Unfallrisiko, Senkung des Blutdrucks, Verstärkung von Entzündungen, Selbstmord, Herzinfarkt, Phantomschmerz, Depression. Udo litt.
»Was willst du?« fragte Inge, die immer noch beleidigt tat und einen von Tag zu Tag nervöseren Eindruck machte. »Wir haben einen wunderbaren Sommer gehabt.«
Der Flieder rostete. Kastanienblüten schneiten von den Bäumen. Udo litt. Seine Schleimhäute juckten. Er erfand eine Pressekonferenz, eine Premiere und einen Sektempfang, schickte alles über Modem und fand, daß es für einen Sonntag, an dem außer den Pfarrern, den Notärzten und den gottverlassenen Pressefritzen kein Schwein arbeitete, reichte.
Zehn Minuten später rief Heckmann an. »Die Jahrtausendrevolution.« Er jubilierte. »Die Konkurrenz recherchiert! Die Auflage steigt!«

Winterhalter mußte dem vom Ehrgeiz zerfressenen Chefredakteur schweigend zustimmen. An jedem Popelkiosk der Hansestadt wurde das Stuttgarter Tagblatt feilgeboten. Der erste überregionale Andruck ging weg wie nichts. Längst hatte Udo aufgegeben, die unzähligen kursierenden Exemplare einzusammeln.
»Hand aufs Herz«, bat er. »Warum haben Sie mich nach Sibirien verbannt?«
»Die Neider lugen aus allen Löchern«, rief Heckmann. »Ihre Story kommt überall ganz groß raus. Aus der hohen Politik: keine Stellungnahmen. Keine Dementis. Rein gar nichts. In diese Weiße Opposition scheinen bundesweit schon weit mehr farbenfrohe Parteifunktionäre verstrickt zu sein, als WIR angenommen haben.«
Er sagte: WIR. Udo schluckte. Inge, die an einer feuerroten Strähne zullte, spitzte hinter ihrer Mähne die Ohren.
Heckmann frohlockte. »Mehrere Minister, die inkognito ein Heer von Handlangern zum Wahlboykott mobilisiert haben, planen ihren Abgang. Es kursieren Gerüchte, Hamburgs linke Parteispitze sei geschlossen zurückgetreten. Was wissen Sie darüber?«
»Nichts«, flüsterte Udo.
»Und der Senat?« bellte Heckmann. »Blohmkes zwölf quotierte Apostel?«
»Ich bitte Sie.« Udo griff zu seinem Bronchospasmolytikum.
»Morgen um zwölf zum Rapport.« Heckmann beamte sich zum Teufel.

Winterhalter saß noch eine Weile da und stierte mit offenem Mund aus dem Fenster. Guck noh. Das Hamburger Maffiäle. Er hatte immer gedacht, daß es nur in Stuttgart, wo die Sesselfurzer das Sagen hatten, solche Sauereien gab. Aber auch hier schnorrten alle vom leckeren Gerücht. Und Udo, der Depp, verhalf diesen verhockten Gaunern zur Publicity. Wem nützt das? hatte Claudis seliger Vater Karle mit erhobener Faust gebrüllt, bevor er ein letztes Mal auf den Küchentisch dreinhieb. Was du da inszenierst, Udole – hätte Karle Roth jetzt geschrien –, dient letztendlich der Reaktion. Der Niederschlagung eines virtuellen Widerstands. Aus, error. Das letzte Gefecht als Zeitungsente. Hosianna! Das ist Dialektik.

Plötzlich vermißte Udo den roten Karle so schmerzlich, daß es ihm die Tränen in die Augen trieb.

»Du«, meinte Inge, die von ihrem Bildschirm aufsah, »ich finde, wir sollten das Kriegsbeil begraben.«

Eine Woge ihres Geruchs streifte Udo. Lauwarme Brezeln. Er nieste.

Professor Blohmke studierte Reiseprospekte. Er war ein Mann der Rede, nicht der Tat, und fand es besser, jetzt, wo die Ereignisse sich zuspitzten, rechtzeitig Republikflucht zu begehen. Er hatte immer geahnt, daß sich auf seiner Spielwiese im Internet die Kämpfe der Zukunft entschieden. Daß seine Utopien und Visionen bei den politisch Verantwortlichen jedoch derartige Begeisterung auslösen

würden, hätte er nicht zu hoffen gewagt. In Deutschland war jedenfalls der Bär los. Und wer ahnte schon, was sich im benachbarten Ausland zusammenbraute.
Er würde Europa für immer verlassen. Blohmke träumte von den Negriden, von den Mongoliden, den Australiden, vor allem von den Papua- und Fidschi-Insulanern, die, wie er hoffte, von den Segnungen des Internet bislang verschont geblieben waren. Schon lange hatte er sich mit den Mon-Khmer- und Munda-Sprachen auseinandersetzen wollen, besonders interessierte ihn das Kuschitische, und die vielen Stammesreligionen hatten ihn von jeher fasziniert. Die Staats- und Regierungsform der Föderierten Staaten von Mikronesien schien ihm, die Ernährungsfrage der Menschheit betreffend, mit spannenden Kampagnen aufzuwarten.
Kurz: Es gab noch viel zu tun auf der Welt. Vorher wollte Blohmke aber noch einmal den Blick über die Elbe baumeln lassen. Hafen, Rathaus, Alsterarkaden, Colonnaden und Gänsemarkt, Hauptbahnhof, Kunsthalle und Kontorhausviertel, Reeperbahn und Ohlsdorfer Friedhof – das alles wollte er noch einmal von oben sehen, aus der Abschiedsperspektive einer Schwalbe, die in ihren letzten Sommer fliegt.

Mario hechtete in die U 3 und fuhr von der Sierichstraße wieder zurück bis zur Sternschanze. Es ging gegen Mitternacht. Bei Gillner-Gotthilfs hatte keiner aufge-

macht, und da Junge nicht im Telefonbuch stand, besuchte er Ida Hering, die am Schlachthof wohnte.
Locker lehnte sich Mario an die Haltestange und spielte in der Jackentasche mit seiner Wasserpistole, die er mit einer Bleinitrat-Lösung gefüllt hatte. Beides stammte vom Flohmarkt, an dem Mario unterwegs zwischen Zelle und Zimmer vorbeigeschlendert war. Man hatte ihn am Vortag entlassen müssen, weil zu viele Indizien für ihn sprachen. Das Taxiunternehmen hatte ihn auch entlassen, ebenso das Nobelrestaurant, denn zu viele Indizien sprachen gegen ihn. Er hoffte, daß das Bleinitrat eine eigene Sprache sprach, und zur Not trug er aus dem Chemiekasten noch einen Mischzylinder Kaliumiodid bei sich, einen Rundkolben Silbernitrat, ein Tütchen Kaliumpermanganat und ein halbes Reagenzglas Salzsäure.
Wie eine Raubkatze strich Mario an den Dealern vorbei und verließ deren Revier Richtung Kampstraße. Es stank nach Krematorium, nach der chemischen Reaktion bei der Verbrennung von Kadavern. Gleichzeitig suppte eine dünne Schwade Maische von Holsten herüber, was bedeutete, daß das Wetter umschlug.
Viele Schildchen waren mehrfach überklebt und schlecht lesbar. *I. Hering*. Er klingelte. Der Türsummer sprang an. Er glitt eine Treppe hoch und noch eine, immer zwei Stufen auf einmal. Die Wohnungstür stand offen. Aus einem zurückliegenden Zimmer drang Stimmengewirr. Mario schlich durch den schmalen Flur und spähte durch die Milchglasscheibe.

Das Triumvirat hockte am Couchtisch und spielte Skat. Sie spielten mit den deutschen Farben: Eichel, Grün, Rot, Schellen. Das sah Mario freilich erst, als er die Milchglasscheibe mit der bloßen Handkante eingeschlagen hatte. Gillner-Gotthilf, Junge und Ida Hering kreischten auf.
»Laßt uns Doppelkopf spielen«, schlug Mario vor.
»Sag, was du willst«, entgegnete Junge, der als erster die Muttersprache wiederfand, »und wir sehen zu, was wir für dich tun können.«
Mario zückte seine neonbunte, phalloide Kinderpistole. »Da ist Arsen mit Quecksilber drin.«
Offenbar hatte keine der Herrschaften im Chemieunterricht aufgepaßt. »Mach keinen Scheiß«, bettelte Gillner-Gotthilf.
»Wegen euch habe ich zwei Jobs verloren. Vom Knasturlaub ganz zu schweigen.«
»Das tut uns leid«, erwiderte Ida Hering schnell.
»Ich habe euch beobachtet«, erklärte Mario, »ich habe ganz genau gesehen, Paul, wie du die Giftkapsel in den mittleren Pastetenzwerg hineingesteckt hast.«
»Aber ... Das ist doch ...«, sagte Junge, der blütenweiß aus der Wäsche guckte.
»Er war kleiner als die andern, und da Kemal Salem sich einen Zwerg nehmen mußte, war es klar, daß er ausgerechnet diesen ... Und ihr beiden andern hier seid seine Komplizen. Ihr drei habt gemeinsam das Komplott geschmiedet.«
»Raus!« gickste Ida Hering, deren Teint so kirschrot wie ihr koloriertes Haar geworden war. »Verschwinde!«

»Der Mohr hat seine Schuldigkeit getan«, sagte der Ghanaer mit dem Künstlernamen Mario Secondi-Tacoradi, der in der abendländischen Dramenwelt so beflissen war, daß er Schillers Fiasko bis zum Fall des Vorhangs durchexerzieren konnte, »der Mohr geht.«

11. Juni, Fronleichnam

Plumps! fiel er zu Boden. Mit dem Unterarm wischte sie sich den Schweiß von der Stirn. Er rührte sich nicht. Sie packte ihn an den Fesseln und schleifte ihn zentimeterweise übers Parkett. Sein unbehaarter Rücken quietschte auf dem Holz.

»Hoppla«, rief Udo, der schlagartig zu sich kam, »erledigst du das immer so?«

»Nein«, sagte Inge. »Nur dann, wenn ich den Liebhaber nicht wach kriege.«

»Kommt dein Mann von seinem Nachtwächterjob nach Hause?«

Inge grinste boshaft. »Mein Vater steht bald auf.«

Udo faßte sich ans Schulterblatt.

»Eine Schürfwunde«, sagte Inge. »Brauchst du ein Pflaster?«

Er sprang auf und schlüpfte in seine tannengrünen Boxershorts, die er nur trug, wenn er seine hautfreundlichen Seidenjersey-Tangas in der Handwäsche vergessen hatte.

»Kemal hatte genau an der Stelle eine Tätowierung.« Inge

lehnte nackt am Türrahmen. »Ein Einhorn mit zwei Schwänzen.«
»Sehr sinnig«, sagte Udo, der fahrig seine schlotternden Jeans zuknöpfte. Er fischte nach seiner Brille und sah auf die Uhr. »Dreiviertel sieben. Vermaledeit! Ich muß los.«
»Kemal hat früher einmal einer rechtsliberalen Studentenverbindung angehört, dem Weißen Illuminat«, erzählte Inge, »es war dessen Wappen.«
»Ich dachte, er sei ein Chaot gewesen.«
Inge lachte. »Diese Phase kam später.«
Mit beiden Händen raufte Winterhalter sich die Haare. Er verstand vieles nicht, und es war kaum zu begreifen, weshalb Inge auf einmal so gelöst war. Sie sprach von Kemal, als sei er nach einem erfüllten Leben in Frieden dahingeschieden. Sie wirkte überhaupt nicht bedrückt. Sie machte auch nicht länger den Eindruck, bedroht zu sein, und Winterhalter konnte sich kaum vorstellen, daß er noch vor drei Wochen Angst um sie gehabt hatte.
»Denkst du, ich hätte das Gift in die Pastete getan?«
Udo erschrak. »Nein, ich glaubte erst, der Anschlag gälte dir. Inzwischen denke ich das nicht mehr.«
»Aber der Anschlag *galt* mir.« Inge blies eine Strähne aus dem Gesicht. »Indirekt zumindest. Ich habe dich zuerst für den Mörder gehalten und versucht, dir etwas nachzuweisen. Dabei habe ich herausgefunden, wer es war und warum er es getan hat.«
Udo schluckte.

Inge lächelte sibyllinisch. »Wart´s nur ab. Der Täter wird dir direkt vor die Füße fallen.«

Udo rannte zum Altonaer Bahnhof. Die staubigen Gräser am Fahrbahnrand waren mit Rauhreif überzogen. Eine anhaltende Kaltfront brachte seit Tagen Schneeregen. Blütenmeere versanken im Dreckmatsch. Jedes atmosphärische Leben war abgetötet. Keine einzige Polle schwängerte mehr die Luft. Statt dessen: Migräne, Bluthochdruck, Angina pectoris, Rheuma, Arthritis, Koliken. Udo krümmte sich und langte sich dabei an die hart hämmernde Brust.
Claudi stand breitbeinig auf dem Bahnsteig und fluchte. »Er wird schon kommen«, sagte Luise, die mit drei Jahren ein aufreizend aufgewecktes Kind war.
Dann kam er. Sie umarmten einander mit der Herzlichkeit zweier Skorpione. »Du stinkst«, sagte Claudi.
»Wonach?« fragte Udo.
»Laß mal riechen«, forderte Luise, die Udo wie ein Gorillababy auf den Arm sprang. »Hmmm. Spitzmorcheln sind das.« Sie hatte das Riechorgan ihres Vaters geerbt.
»Hast du gekocht?« fragte Claudi lauernd, da sie wissen wollte, mit wem.
»Nein«, log Udo, »das ist das Shampoo.«
Luise, die instinktiv wahrnahm, daß ihre Eltern genau dort weitermachten, wo sie aufgehört hatten, nahm beide bei der Hand und zerrte sie aus dem Bahnhofsgebäude.
»Ich nehme den nächsten Zug zurück«, bellte Claudi, die

ihre schwarzen Korkenzieherlocken fingernagelkurz geschoren hatte, zum Zeichen, daß sie Udo wirklich nicht mehr brauchte. Wenigstens Luise hatte gegen diese ästhetische Tortur protestiert und trug statt dessen niedliche braune Zöpfe.
»Aber einen Kaffee.« Udo atmete. Ein und aus. Ein und aus. Zeit genug für Claudi, hinter der glasfaserverstärkten Kunststoffabdeckung einer Elektrolok zu verschwinden.
»Ade, Mamme. Ade.« Luise legte den Kopf schief und seufzte.

Professor Blohmke schlüpfte in seinen Hochzeitsfrack, in dem er dereinst eingeäschert werden wollte. Vor dem Spiegel knebelte er seinen frisch gestutzten Henriquatre und bändigte mit Leitungswasser sein schütteres, glasnudelweißes Haupthaar, das vom Kämmen elektrisiert abstand. Dann band er sorgfältig die weiße Schleife und knöpfte die weiße Frackweste zu, was er zuletzt getan hatte, bevor er seiner Frau das letzte Geleit gab. Das war nun schon fast dreißig Jahre her. Seine Tochter war nicht so schön geraten wie damals seine Frau, die mit ihren züngelnd roten Locken um das liebliche, schneeweiße Gesicht auf dem Totenbett ausgesehen hatte wie eine Sonne.
In diesem Aufzug würde Blohmke nun Hamburg die abschließende Ehre erweisen. Es war ein Akt staatsmännischer Trauer, bevor die Journaille ihn kaschte und den vermeintlichen Oppositionsführer als Scharlatan entlarvte. Er

fragte sich nur, wer den wirklichen Helden der Weißen Opposition stellte. Denn es stand für ihn außer Zweifel, daß es einen geben mußte, daß die Sache real war. Komisch bloß, daß er nicht nur als Chefideologe, sondern auch als geheimer Vorsitzender herhalten sollte, ohne daß die Bande, die in seinem Namen handelte, Kontakt zu ihm aufgenommen hatte.
Das Telefon schnurrte. Blohmke nahm ab.
»Chiffre Weißes Haus«, sagte eine heisere weibliche Stimme, »alle Befehle wurden pünktlich ausgeführt.«
»Welche Befehle?« fragte Blohmke.

Hier wohnen aber viele schöne Mädchen«, bemerkte Luise in ihrem charmanten alemannischen Dialekt, als Udo gegen Mittag mit ihr das Zimmer verließ und langsam die steilen Stiegen hinabstieg. Das Treppenhaus hoch zog der schale Qualm aus der *Susi Bar*, vermengt mit abgestandenen Parfümschwaden. Im übrigen herrschte Internatsatmosphäre. Kichernd schwärmten die Bewohnerinnen in kleinen Grüppchen aus, Tennisschläger oder Reitgerten schwingend. Sie rochen, im Kontrast zur Umgebung, appetitlich nach den angesagten Körperpflegeprodukten.
Hertha kam vom Kirchgang zurück. Sie preßte ein antikes katholisches Gebetbuch an sich und warf Udo einen entgeisterten Blick zu. Seit Wochen hauste er für läppische achtzig Mark die Nacht unter ihren Fittichen, ohne den obligaten

Zimmerservice auch nur ein einziges Mal in Anspruch genommen zu haben. Der Mann mußte pervers sein, womöglich stand er auf kleine Kinder, und ein solches hatte er nun tatsächlich an der Hand.
»Meine Tochter«, sagte Winterhalter und hob Luise hoch, damit sie einen besseren Ausblick genoß.
Hertha versperrte beiden die Treppe. »Ich will ihren Ausweis sehen. Sofort!«
Udo schluckte. »Den hab ich nicht. Außerdem heißt sie Roth, Luise Roth.«
Hertha preßte die Lippen aufeinander, bis nichts mehr übrig war als ein grellroter Strich. »Dann bring mir die Mutter her. Sonst hol ich augenblicklich die Bullen.«
»Vermaledeit«, fluchte Udo, »die sitzt im Zug Richtung Schwarzwald. Ich kann sie frühestens am späten Nachmittag erreichen.«
Luise musterte Hertha aufmerksam von oben bis unten. Plötzlich streckte sie die gespreizten Finger vor. »Da! Schau dir mal meinen kleinen Onkel an. Der ist genauso krumm wie der von meinem Papa.«
Hertha runzelte die Stirn. Sie guckte. Udos Daumen. Luises Daumen. Der Vergleich fiel über die Maßen positiv aus. Hertha staunte. »Unglaublich! Es sind die gleichen Hände in klein.«
»Sonst«, erklärte Luise, »komm ich eher nach meinem Opa Karle, der im Himmel hockt und sich langweilt.«
»Im Himmel langweilt sich keiner«, rügte Hertha.

Luise hatte noch nie einen Spielplatz gesehen, weil sie im Wald und fern von so mancher zivilisatorischen Errungenschaft aufwuchs. Den Kindergartenbesuch im neun Kilometer entfernten Mariabronn verweigerte sie. Der pädagogisch ausgetüftelte Abenteuerspielplatz von Planten un Blomen war das Aufsehenerregendste, was Hamburg für Kleinkinder zu bieten hatte. Luise moserte trotzdem. Sie kletterte und hangelte wie ein wütender Gorilla, doch sie vermißte den erregenden Schwierigkeitsgrad der Schwarzwälder Tannen, und die von hochqualifizierten Fachleuten entwickelten Geräte wurden ihr schnell zu dumm.
»Willst du ein Eis?« fragte Udo, obwohl es dafür zu kalt war. Luise wollte. Bei einem italienischen Eiswagen erstanden sie jeweils drei Kugeln Erdbeer, eine Geschmacksrichtung, auf die Udo mit Ekzemen reagierte, die er aber trotzdem, genau wie seine Tochter, über alles liebte. Sie setzten sich auf einen von der Masse verschmähten, absichtlich schief gehauenen Fels und lutschten. Luise schielte zum Himmel hoch, wo die Wolken aufrissen, und fragte: »Papa, wie groß ist der Himmel?«
»Das weiß keiner.« Udo seufzte.
»Und was kommt hinter dem Himmel?«
»Nichts«, entgegnete Udo.
In diesem Augenblick stieg aus dem Nichts ein riesenhafter, strahlend weißer Ballon auf, der sich majestätisch in die Lüfte erhob. Aus der Gondel winkten zwei Insassen, deren

Köpfe sich allmählich zu Punkten verloren. An Luises Kinn tropfte das Eis herunter, weil sie mit offenem Mund und riesigen Augen nach oben stierte. »Wenn da jetzt einer herausfällt ...«

»Da fällt keiner heraus. Nur manchmal springt ein Verrückter mit dem Fallschirm.« Udo nieste.

»Guck emol«, rief Luise und fuchtelte aufgeregt gen Himmel, »der fliegt aber gehörig auf uns zu.«

Ein bachstelzengrauer Stilspringer hatte mit Fledermausflügeln zum Zielsprung angesetzt. Nach einer Spiraldrehung, gefolgt von sämtlichen bekannten Freifallstellungen, brachte er sich in die Froschlage. Wie in der Vision der heiligen Juliana von Lüttich, auf der das Fronleichnamsfest basiert, sauste er mit erhobenen Händen senkrecht durch die Lüfte. Luise fragte: »Wieso hat der Verrückte keinen Fallschirm?«

Und Udo fragt sich nur eins: Wieso ich? Wieso ausgerechnet immer ich?

»Er wird uns auf den Kopf spritzen«, prophezeite Luise.

(Plumps!)

21. Juni, Sommeranfang

Ein atlantischer Tiefausläufer bringt Norddeutschland weiterhin wolkenreiche, kühle Meeresluft. Am Morgen zunächst bedeckt und regnerisch. Nach Nebelauflösung stark bewölkt. Erst zum Nachmittag zögernde Bewölkungsauflockerungen. Höchsttemperaturen um 9 Grad, nachts Bodenfrostgefahr und erneut Nebelbildung. Mäßiger Wind, zunächst aus süd- bis südwestlichen Richtungen, später auf Südost drehend.
Schlafstörungen in der Nacht können wetterbedingt vorkommen, und bis zum Morgen sind Narbenschmerzen möglich. Ungünstige Wirkungen resultieren vor allem aus dem eingeschränkten horizontalen und vertikalen Luftaustausch, der in der bodennahen Luftschicht Feuchte- und Schadstoffanreicherungen begünstigt. Atemwegskranke und Hypertoniker sollten in neblig-trüber Luft auf Aktivitäten verzichten, die mit forcierter und vertiefter Atmung verbunden sind.

29. Juni, Peter und Paul

Gegen Montag morgen zog Hamburg durch eine Wolke aus Kometenstaub, denn der Weiße Komet hatte nach hundertfünfzig Jahren wieder seinen sonnennächsten Punkt erreicht. Dadurch hinterließ er mehr Dreck als sonst auf sei-

ner Bahn: murmelgroße Gesteinspartikel und Staubkörner. Mit einer Geschwindigkeit von Zehntausenden von Kilometern pro Stunde krachten die Teilchen in die Erdatmosphäre und verglühten.
Winterhalter, der nicht schlafen konnte und asthmatisch röchelnd am Fenster lehnte, sah Hunderte von Sternschnuppen. Er nieste und zog die beiden Reisetaschen unterm Bett hervor. Es machte ein schleifendes, unnatürlich lautes Geräusch. Er horchte. Luises Atem ging leise und regelmäßig. Mit ausgebreiteten Armen lag sie in seinem Bett und schlief im blassen Dämmerlicht friedlich wie ein Engel. Claudi hatte das Kind vor zwei Wochen nicht wie verabredet abgeholt. Claudi lag mit einem Bandscheibenvorfall im Krankenhaus und ließ ausrichten, daß Udo jetzt dran sei.
Beim Bezahlen war Hertha richtig rührselig geworden, und sie hatte ihm ein Drittel der Rechnung erlassen. So erfuhr Udo, daß es auch in Hamburg anständige Leute gab, auch wenn sie weder aus Hamburg stammten noch hier begraben werden wollten.
»Weeßte, wat mene Vision is«, sagte Hertha, die sich plötzlich gehenließ und kauderwelschte, »ick – doot, und da looft en eensamer Friedhofsbediensteter janz alleen mit meener Urne in die Hand wie mit ´ner Dose Sauerkraut, ja und det war´s dann. Könnte doch wenigstens eener noch wat Sprengstoff reintun unn die janze Schiete in die Luft jagen, oder?«
Udo packte.

Ida Hering nahm ihr kleines Schwarzes aus dem Schrank und schlüpfte hektisch hinein. Sie durfte nicht zu spät kommen, denn das würde auffallen. Sie durfte den Erfolg der Operation jetzt nicht mehr gefährden. Kemal Salem war tot und begraben. Professor Blohmke war tot und bald ebenfalls begraben. Nur dieser Udo Winterhalter lebte noch, aber mit diesem Pressefuzzi würden sie schon fertig werden. Die Froschfraktion hatte vom Bandenkrieg der neuen Hamburger Linksliberalen ungeheuer profitiert, denn die aufgebrochene Bewegung, die nun ohne Führung dastand, fiel orientierungslos in die Hände des parlamentarischen Aufbruchs. Der bundesweiten Machtübernahme durch Rot-Grün stand jetzt, wo der Boykottaufruf vom Tisch war, nichts mehr im Wege. Das Heer der notorischen Nörgler würde geschlossen die Opposition wählen, auch wenn diese nicht megaperlweiß war und von den basisdemokratischen Wurzeln so weit entfernt wie Jupiter vom Saturn. Die Bundestagswahl am 27. September mauserte sich zum Triumphzug des Bestehenden, was die Verhältnisse in der hiesigen Bürgerschaft nur bekräftigen würde. Ida Herings politischer Jahrtausendkarriere stand somit nichts mehr im Wege, und etwa um das Jahr 2020 würde sie als erste froschfarbene Kanzlerin ein lenkbares Imperium regieren.
Im Spiegel sah Ida die mächtige Herrscherin der Zukunft vor sich. Eine Mischung aus Margaret Thatcher, Kaiserin Victoria und Katharina der Großen. Wie letztere das russische Reich nach Süden ans Schwarze Meer und durch die

Polnischen Teilungen nach Westen erweitert hatte, so würde auch Ida Herings erfolgreiche Machtpolitik am Bodensee nicht haltmachen.

Peter Gillner-Gotthilf und Paul Junge trafen sich vor Blohmkes Beerdigung zum Brunch in *Omas Apotheke*.
»Du hast den armen Professor deinem Freund Winterhalter zum Fraß vorgeworfen«, schimpfte Junge genüßlich und leckte sich den Honig von den Lippen.
»Was hätte ich denn tun sollen«, entgegnete mit vollem Mund Gillner-Gotthilf. »Dieser wild gewordene Koch hätte uns sonst noch in den Knast gebracht. Wir *mußten* der Staatsgewalt Kemals Mörder auf dem Tablett servieren.«
»Blohmke ist der ideale Täter«, pflichtete Junge bei. »Er ist der einzige, der wirklich ein Motiv hat. Denn Kemal Salems Staatsräson hätte im Herbst unglaublich viele potentielle Boykottanhänger an die Urnen mobilisiert.«
»Komisch ist nur, daß die Schwarzen gegen diesen ganzen Weißen Oppositions-Klimbim nicht protestiert haben.« Gillner-Gotthilf grapschte sich noch ein Vollkornbrötchen.
»Weil sie zuviel Karierte haben«, kalauerte Junge. »Wer hat denn bei den Billionen Schulden noch Lust auf die Regierungsverantwortung? Denen könnte doch gar nichts Besseres in die Quere kommen als ein Volk, das sie radikaldemokratisch abwählt.«
Gillner-Gotthilf fixierte fiebrig die Ferne. »Wenn sich die Konservativen als Folge eines bundesweiten Wahlboykotts

hätten aus der Bredouille ziehen können, dann wären sie endlich aus dem Schneider.«
»Bingo. Aber daraus wird nichts. Denn jetzt kommen wir. Peter und Paul. Alle Macht den Räten, kapiert?«

Mario Secondi-Tacoradi haute sich auf seine Vespa Grand Sport, Baujahr 1963, und drehte ordentlich das Gas auf. Pünktlich dazusein, das war er dem Alten schuldig, denn der wäre schließlich fast mal sein Schwiegervater geworden. Zwar nur auf dem Papier, aber Inge hatte es sich dann doch anders überlegt und Werner Pietsch geheiratet, mit dem sie es zweiundzwanzig Monate und siebzehn Tage ausgehalten hatte. So lang es halt dauerte, bis Marios Asylantrag positiv beschieden wurde und keiner ihn mehr hindern konnte, sich einen offiziellen Künstlernamen zuzulegen. Der Alte hatte jedenfalls mehr Hirnschmackes in die Kurve gebracht als seine rothaarige Tochter, die ein exorbitantes Büro mit einem gefälschten Mietvertrag und zwei fiktiven Kollegen ausgehalten hatte, sich aber außerstande sah, eine Scheinehe einzugehen.
Das Wetter besserte sich. Klimatisch konnte man schon wieder mit Castrop-Rauxel konkurrieren, oder mit Malmö, oder mit Edinburgh, die Hamburgerinnen zogen ihre Tops hervor, ihre Bermudas, ihre Dianetten. Mario ließ vor Freude sein Bremspedal schnalzen, während er sich wuchtig in die Kurve legte, die Zufahrt jenes Friedhofs, auf dem Udo Winterhalter die nächtliche Bekanntschaft Kemal Salems gemacht hatte.

Inge stapfte an der Spitze des stattlichen Trauerzugs, zu dem sich sämtliche Honoratioren nördlich von Lauffen am Neckar zählten. »Was bist du mir bloß für ein eifersüchtiger Vater gewesen«, sagte sie entschlossen zur Urne, die sie mit beiden Händen vor sich hertrug wie ein Marktweib ein Faß Sauerkraut. »Hast mir all meine Liebhaber um die Ecke gebracht. Nicht umsonst hab ich diesen Udo mit verkohlten Enten gefüttert, um das Schwarzwälder Kuckucksei aus Hamburg wieder rauszuekeln, bevor es zu spät ist. Wär nie auf den Gedanken verfallen, daß du selber ein hintersinniges Interesse entwickelst, qua Udo in die Schlagzeilen zu kommen. Vielleicht wolltest du dir so den Traum verwirklichen, Vati, doch noch mal Geschichte zu machen, und sei´s auch nur auf der Seite mit den Todesanzeigen. Oder hattest du mit einigen Senats-Bütteln ein hormonhaltiges Hühnchen zu rupfen? Hast du versucht, über Intrigen den Tisch abzuräumen im Rathaus? Ich weiß es nicht, Vati. Ich weiß nur, daß ich meinem Udo jetzt beistehen muß. Er will von den Geistern, die er rief, nämlich nichts mehr wissen. Ich liebe ihn, und ich will, daß er mich auch liebt. Also mußte ich handeln. Verstehst du das, Vati?«

Sie«, sagte Udo, der sich abseits hielt, weil Luise grantig, überzwerch und überhaupt nicht zu bändigen war. »Ja freilich«, erwiderte der heranhastende Heckmann, der, in einen zu engen Anzug gepfercht, schwitzte. »Zur Trauerfeier

hat es mir nicht gereicht, aber Freund Siegfried ganz im Stich lassen will ich dann doch nicht.« Er hielt Udo seine Backe hin. »Da, sehen Sie, wir haben kompatible Schmisse. Achtundsechzig in Hamburg, Politikwissenschaften. Der Weiße Illuminat, damals und heute unsere geheime Verbindung, *si vis veram rationem exsequi.*«
Sie folgten der großen Trauergemeinde, in die sich, wie Luise munter notierte, auch Hertha einreihte. »Sagen Sie endlich«, forderte Udo, »was will das Tagblatt von mir?«
»Umsonst«, erwiderte hechelnd Heckmann, der sich den perlenden Schweiß von der Stirnglatze wischte, »schickt man einen Mann von Ihrem Format nicht los. Sie haben ja früher schon gezeigt, was im Journalismus möglich ist. Nicht was dementiert wird, zählt, sondern das, was die Zeitung behauptet. Jede Richtigstellung macht sich verdächtig.«
»Das Rattenprinzip«, sagte Udo. »Wer pariert, kriegt´s in den Rachen geschoben.«
Das saß. Wahrscheinlich dachte Heckmann jetzt an seine tote Frau. Brigitte. Sie war Udos erster Fall gewesen, der dem Melancholiker mehr Ruhm verschafft hatte, als eine Stuttgarter Seele aushielt. Die Hintergründe des Unfalls, bei dem Brigitte ums Leben gekommen war, wurden niemals restlos aufgeklärt. Auch bei Blohmke würde dieser flirrende Rest bleiben, der die Lebenden an der Kandare hielt. Angeblich war der Professor allein auf Ballonfahrt gegangen und dabei freudig aus der Gondel gehopst.

»Es wäre für Sie so simpel gewesen, mich loszuwerden«, insistierte Winterhalter, der trotz Luises warmer Patschhand an den Fingern fror. Er nieste.
Heckmann leckte sich den Schweiß von der strichdürren Oberlippe und lief zu. »Ihre schmackhaften Details munden denen daheim. Wozu recherchieren? Die besten Artikel werden am Schreibtisch geschrieben.«
Er wußte also Bescheid. Udo nahm Luise auf den Arm und holte mit seinen langen Beinen weit aus, während der Chefredakteur wie ein tollkühner Pastetenzwerg neben ihm hertrippelte.
»WIR haben es geschafft. Endlich ist das Tagblatt wieder ein Weltblatt«, jubilierte Heckmann, »nachdem WIR den bundesweiten Wahlboykottskandal aufgedeckt haben, an dem *alle* Parteien maßgeblich beteiligt sind, kommt von Kiel bis Konstanz kein politisch denkender Mensch mehr an UNS vorbei.«
»Aber es gibt keine Beweise«, flüsterte Udo.
»Noch nicht«, gab Heckmann zu, »bloß einige namhafte Politiker, die ihr allerhöchstes Interesse anmelden. Aus allen Parteien. Die Herrschenden können nicht mehr, die Beherrschten wollen nicht mehr, wissen Sie, was das heißt, Winterhalter?«
»Lenin«, sagte Udo. Er dachte an den roten Karle und schluckte. »Seit wann sind Sie denn auf Rot-Grün, Genosse Chefredakteur.«
»Die Zeichen der Zeit.« Heckmann hüstelte. Sie hatten den

Trauerzug fast erreicht. »Die Opposition zeigt Lust auf Führung. Sie haben die Weichen gestellt, Kollege. Und das Geniale ist, die Regierung interpretiert es genau umgekehrt: Sie glaubt, daß sie exakt wegen Ihnen dranbleibt.«

»Verstehe«, sagte Winterhalter. Der Chefredakteur hielt sein weißes Fähnchen in den Wind.

»Das glaube ich nicht«, erwiderte Heckmann. »Die Zahl der Abos steigt wie verrückt. Die Verlagsspitze plant, in Hamburg eine eigene Dependance aufzumachen, das linksliberale Hanseblatt. Und Sie sind der Chefredakteur.«

»Niemals«, sagte Udo. Er nieste.